獻給每一個願意承擔大問題的小人物。

文／凱特·坦普Kate Temple、約爾·坦普 Jol Temple
圖／泰莉·蘿絲·班頓Terri Rose Baynton　譯／劉清彥
主編／胡琇雅　執行編輯／倪瑞廷　美術編輯／蘇怡方
董事長／趙政岷　第五編輯部總監／梁芳春
出版者／時報文化出版企業股份有限公司
　　　　108019台北市和平西路三段240號七樓
發行專線／(02)2306-6842
讀者服務專線／0800-231-705、(02)2304-7103
讀者服務傳真／(02)2304-6858
郵撥／1934-4724時報文化出版公司
信箱／10899臺北華江橋郵局第99信箱
統一編號／01405937
copyright © 2022 by China Times Publishing Company
時報悅讀網／www.readingtimes.com.tw
法律顧問／理律法律事務所　陳長文律師、李念祖律師
Printed in Taiwan
初版一刷／2022年04月15日
版權所有 翻印必究（若有破損，請寄回更換）
採環保大豆油墨印製

我們可以移動那座山嗎？

每個故事都有兩面

Kate & Jol Temple
文 凱特·坦普、約爾·坦普

Terri Rose Baynton
圖 泰莉·蘿絲·班頓

翻譯 劉清彥

我ㄨㄛˇ們ㄇㄣ˙無ㄨˊ法ㄈㄚˇ移ㄧˊ動ㄉㄨㄥˋ那ㄋㄚˋ座ㄗㄨㄛˋ山ㄕㄢ

所以_{ㄙㄨㄛˇ}以_{ㄧˇ}這_{ㄓㄜˋ}樣_{ㄧㄤˋ}想_{ㄒㄧㄤˇ}很_{ㄏㄣˇ}愚_{ㄩˊ}蠢_{ㄔㄨㄣˇ}

我ㄨㄛˇ們ㄇㄣ可ㄎㄜˇ以ㄧˇ讓ㄖㄤˋ它ㄊㄚ移ㄧˊ動ㄉㄨㄥˋ一ㄧˋ點ㄉㄧㄢˇ點ㄉㄧㄢˇ

我們可以讓它縮小

這(ㄓㄜˋ)個(ㄍㄜ˙)問(ㄨㄣˊ)題(ㄊㄧˊ)太(ㄊㄞˋ)大(ㄉㄚˋ)了(ㄌㄜ˙)

所以ㄙㄨㄛˇ以ㄧˇ拜ㄅㄞˋ託ㄊㄨㄛ千ㄑㄧㄢ萬ㄨㄢˋ別ㄅㄧㄝˊ說ㄕㄨㄛ

只要我們一起努力

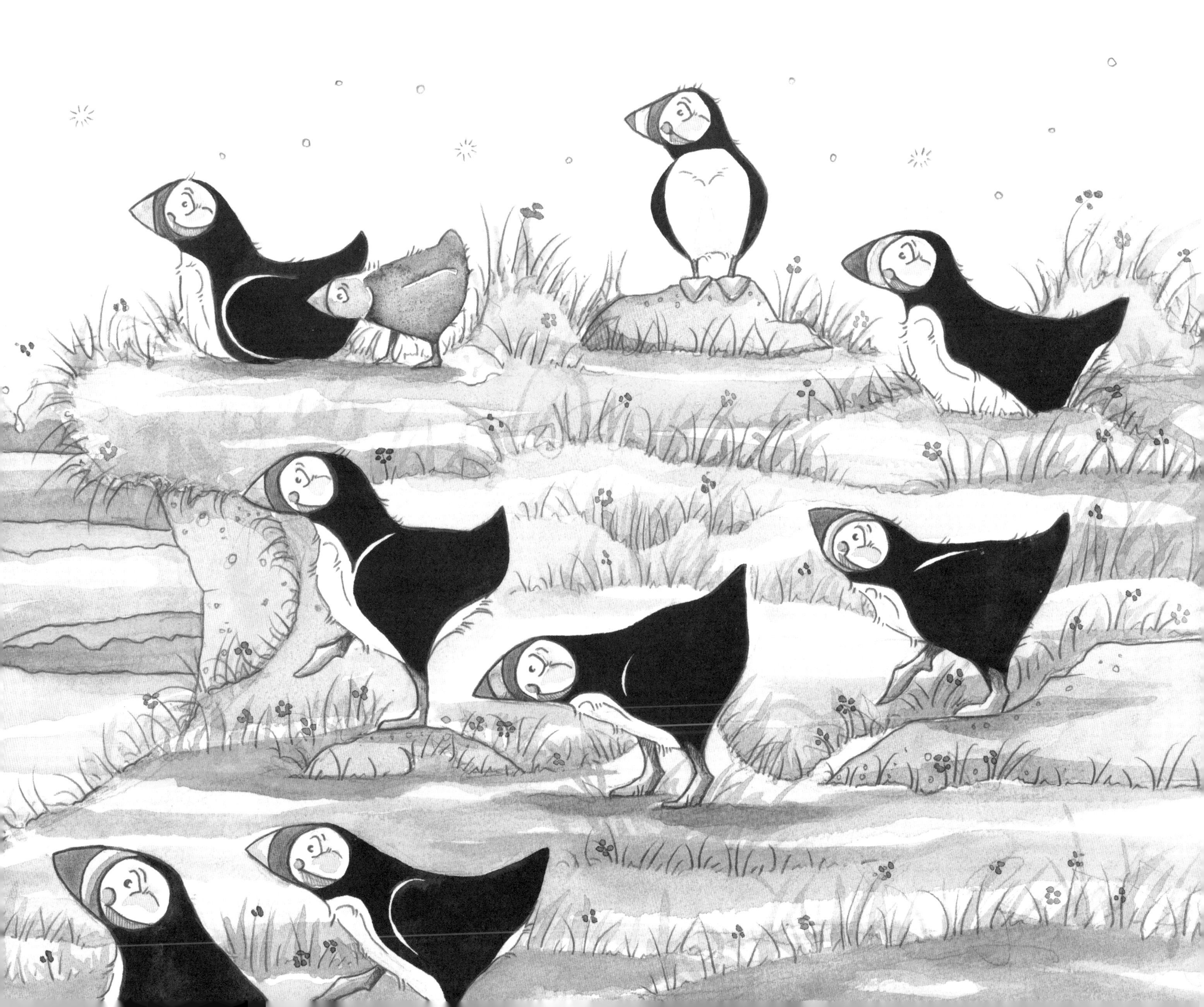

一定(ㄧ ㄉㄧㄥˋ)會(ㄏㄨㄟˋ)找(ㄓㄠˇ)到(ㄉㄠˋ)方(ㄈㄤ)法(ㄈㄚˇ)

一ㄧ、二ㄦ、三ㄙㄢ，
用ㄩㄥ力ㄌㄧ！

如果我們現在無法移動它

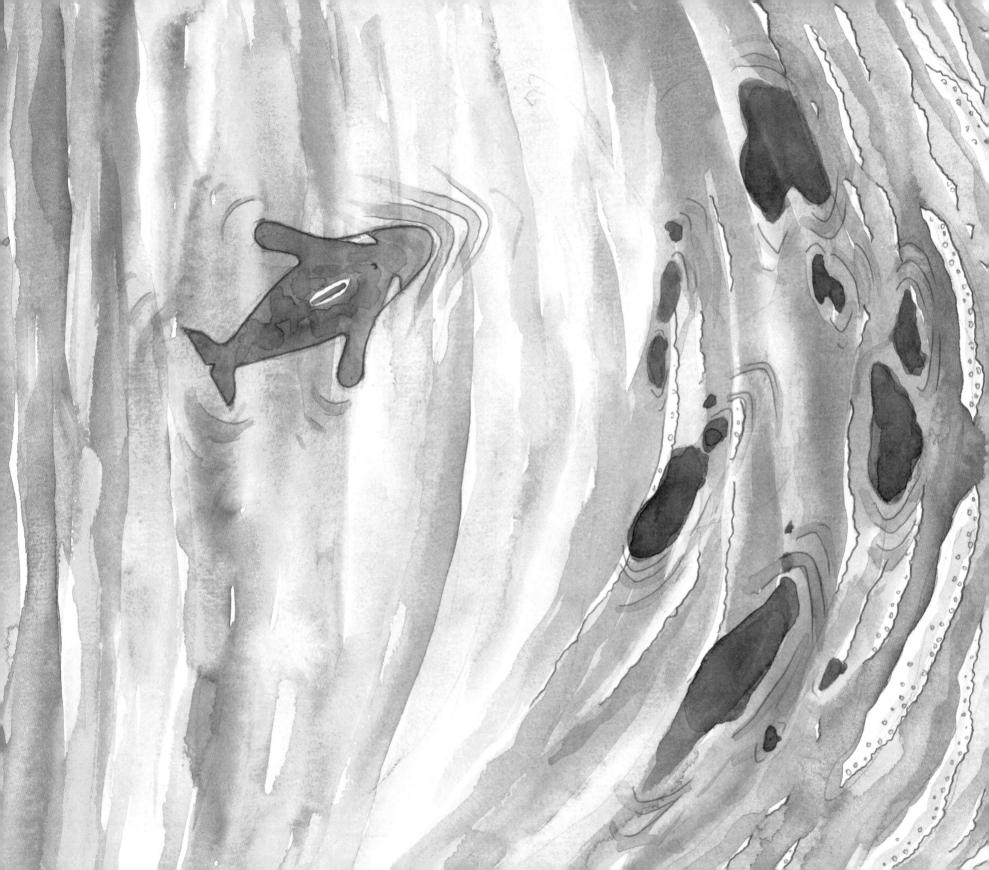

它完全不會動

我ㄨㄛˇ們ㄇㄣ必ㄅㄧˋ須ㄒㄩ面ㄇㄧㄢˋ對ㄉㄨㄟˋ現ㄒㄧㄢˋ實ㄕˊ。

我們真的
太小、太小了

所以千萬別相信

我˙們˙可˙以˙移˙動˙山˙

我們可以移動山，只要我們都扮演好自己的角色。

請倒著讀回去，就會看見不同的觀點。